ELEONORA
HEINO
Der M

Saskia Diederichsen ist freischaffende Illustratorin und Grafik-Designerin. Ihre Liebe zu fantasievollen und spannenden Geschichten lebt sie zudem im Schreiben eigener Texte für Kinder und Jugendliche aus. In ihrer Heimat an der Flensburger Förde genießt sie mit ihrem Mann, ihren zwei Kindern, einem Hund und drei Kaninchen die Nähe zur Natur.

Saskia Diederichsen

Agent Einbein

Drei schräge Vögel ermitteln

dtv

MIX
Papier aus verantwortungsvollen Quellen
FSC® C043106
FSC
www.fsc.org

Originalausgabe

Umschlaggestaltung und Illustration: Saskia Diederichsen
Gesetzt aus der Elena Basic
Satz im Verlag
Repro: Regg Media GmbH, München
Druck und Bindung: Grafisches Centrum Cuno, Calbe
Printed in Germany · ISBN 978-3-423-76520-6

1

Ein neuer Fall

Das Gluckern der Wellen, die gegen die Bootswand schlagen, macht mich schläfrig. Ich liege auf dem viel zu weichen Sofa meines viel zu feuchten Büros und denke viel zu wirre Gedanken.

„Wann bekomme ich endlich einen neuen Fall?“, grummle ich. Schon seit Wochen ist kein Kunde durch die Tür meines Detektivbüros getreten.

„Vielleicht sollten wir Werbung machen?“, schlägt Dr. Ratson vor.

„Pfff“, schnaube ich und rolle mich von meinem Platz. Das dumpfe KLONK meines Holzbeins hallt von den Wänden wider. „Werbung – als wenn **ICH, AgEnt* Einbein,** auf Werbung angewiesen wäre.“

** Agent + Ente = AgEnt~~e~~*

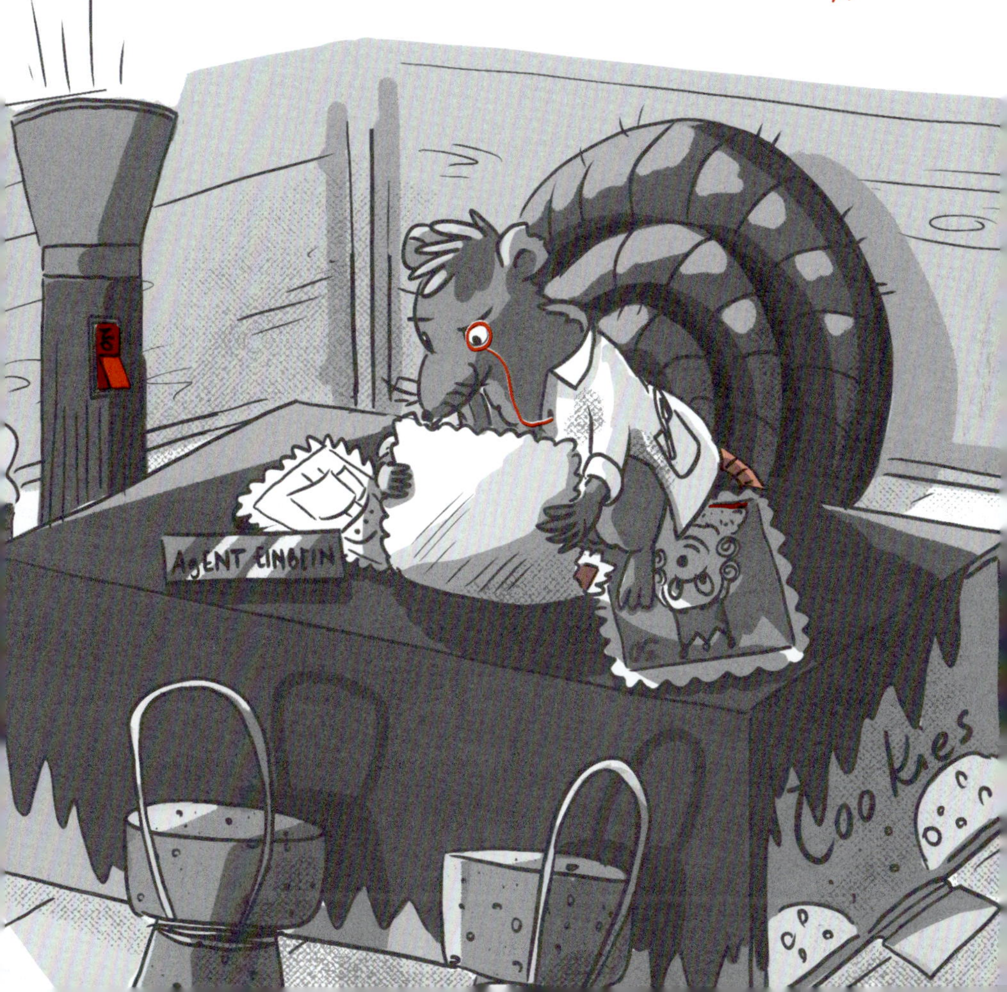

Schulterzuckend wendet sich mein Assistent wieder seinen Briefmarken zu. Was er an den bunten Klebebildern mit Zackenrand und verwischtem Poststempel findet, ist wohl das einzige Rätsel, das ich niemals lösen werde. Dabei habe ich bisher jeden Fall aufgeklärt.

Na gut. FAST JEDEN.

[Über den Keksdieb an Weihnachten schweigen wir lieber.]

Dr. Ratson und ich schauen uns an.
Ist das etwa ein Kunde?

Ich will den Besucher gerade hereinbitten, als die Tür von einer dicken Maus geöffnet wird. Die sofort ihren Bauch einzieht, als eine zweite vornehm gekleidete Mausdame an ihr vorbeitrippelt.

fragt sie herrisch und stellt sich vor meinen Schreibtisch, an dem Dr. Ratson noch seine Briefmarken sortiert.

„Zu Diensten“,

erwidere ich und schiebe meinen Assistenten zur Seite. „Wie kann ich Ihnen helfen?“

Erschrocken weicht sie zurück.

Offensichtlich hat ihr keiner gesagt, dass sie es bei der mit einer Ente zu tun hat, die locker **dreimal so groß** ist wie sie.

„Nehmen Sie doch Platz!“ Ich deute auf zwei Stühle. „Also, was kann ich für Sie tun?“, frage ich noch einmal.

Ich beobachte, wie die Maus für einen kurzen Augenblick nervös an ihrer Tasche zuppelt. Doch dann winkt sie ihren mopsigen Begleiter ungeduldig näher und setzt sich.

„Mir ist etwas gestohlen worden.“

„AHA!“, mache ich.

„Etwas sehr Kostbares!“

„Mmh.“

„Von unersetzbarem Wert!“

„Ah ja“, entgegne ich. Und warte darauf, dass die Dame mit Fakten herausrückt. *[Dass sie kein Papiertaschentuch verloren hat, war mir schon vorher klar.]*

Ich hake nach: „Und worum handelt es sich, Frau …?“

„Madame Shu. Mein Name ist Madame Shu. Und das hier ist mein Neffe“, stellt sie sich und ihren namenlosen Begleiter vor.

Dann holt sie tief Luft: „Jemand hat gestern Abend den Jadewürfel gestohlen. Ein wertvolles Erbstück, das seit Jahrhunderten in unserer Familie ist.“

„Einen Würfel – soso“, murmle ich und lege einen Finger unter meinen Schnabel. Das wirkt nämlich sehr professionell.

„Einen sehr, sehr wertvollen!“, wiederholt meine Kundin.

Ich nicke mit wichtiger Miene.

Dann ziehe ich meinen Notizblock
aus der Westentasche.
„Und wo genau ist Ihnen dieser
Würfel abhandengekommen?“,
frage ich.
„Er wurde aus meinem Teehaus gestohlen!“,
ruft Madame Shu aufgebracht. „Der Täter hat
ein riesiges Durcheinander veranstaltet und
schließlich den Jadewürfel entwendet!“

„Fehlt denn sonst noch etwas?“
„Mmh, na ja“, sagt sie. „In letzter Zeit fehlt immer wieder Geld in der Kasse!“

Ich horche auf. „Aha? Haben Sie einen Verdacht, wer das Geld entwendet?“
„Nein! Das ist ja wohl auch Ihre Aufgabe“, erwidert Madame Shu schnippisch. „Meinen Sie, das bekommen Sie hin?“

PFFF!, denke ich. Ihr Fall klingt nach einem

KÜKENSPIEL für mich.

Doch ich beschließe, die Kundin zappeln zu lassen. Also verschränke ich die Flügel und wippe nachdenklich mit dem Kopf.

„Das wäre selbstverständlich kein Problem für mich. Die Frage ist, ob ich die Zeit finde“, grüble ich laut.

Ich beobachte, wie Madame Shu ihrem Neffen ein Zeichen gibt. Dieser erhebt sich ächzend von seinem Stuhl und zieht ein **Bündel Dollarscheine** aus seiner Jacke. Wehmütig schaut er auf das Geld, dann legt er es mit einem Seufzen vor mich hin.

„Ich denke, meine Anzahlung sollte ausreichen, damit Sie die Zeit finden“, bestimmt Madame Shu ein kleines bisschen freundlicher.

„Dann wollen wir mal, Ratson!“, fordere ich meinen Assistenten auf. Ich greife nach dem Geld und stecke es sorgfältig in meine Westentasche.

„Wir jagen einen Dieb.
Und in Madame Shus Teehaus fangen wir an.“

– 2 –
SOCKENTEE und GLASKRÜMEL

Bereits als ich mich durch die Vordertür des Teehauses „Kuài Yù“ (der Jadewürfel) quetsche, ist meinem Detektivsinn sofort klar:

Dagegen kann auch der Duft des Tees, den Madame Shu hier in großer Vielfalt anbietet, nichts ausrichten. Ich bemerke, wie Dr. Ratson eine alte FFP2-Maske aus der Kitteltasche zieht und sie sich um die Nase wickelt.

Mein Assistent ist ganz verrückt nach den Erfindungen der Menschen und forscht mit Leidenschaft daran, diese für uns zu optimieren. Mit mäßigem Erfolg allerdings …

Er zieht ein weiteres Maskenknäuel heraus und hält es mir hin. Doch beim Anblick des schmuddeligen Lappens lehne ich dankend ab.

„Woher kommt dieser Geruch?“, frage ich stattdessen, wobei ich darauf achte, nur durch den Schnabel zu atmen.
„Von unserem erlesenen Tee natürlich“, erwidert Madame Shu.

Ich runzle die Stirn.
Welche Teemischung soll das sein?

„Folgen Sie mir!“, verlangt die Inhaberin dann und stolziert an den unbesetzten Tischen der Teestube vorbei. „Keine Kundschaft?“, frage ich ihren Neffen leise und deute auf die leeren Stühle um uns herum. „N… nein“, stottert er bedauernd. „Seit der Würfel gestohlen wurde, kommen keine Gäste mehr.“ Er knetet nervös seine Pfoten. „Das ist der Fluch der Jade!“, flüstert er.

AHA! *[Ich vermute eher, die Kunden trauen sich wegen des Gestanks nicht mehr herein.]*

WINK
WINK

Madame Shu führt uns in ein Hinterzimmer, das mit einem Vorhang von der Teestube getrennt ist. Sofort schlägt mir eine gewaltige Welle des **sauren Sockengeruchs** entgegen.

Ich halte die Luft an …
und krieche hinterher.

Vor einem zertrümmerten Glasschrank bleibt Madame Shu stehen. Der Boden ist mit Glassplittern übersät.

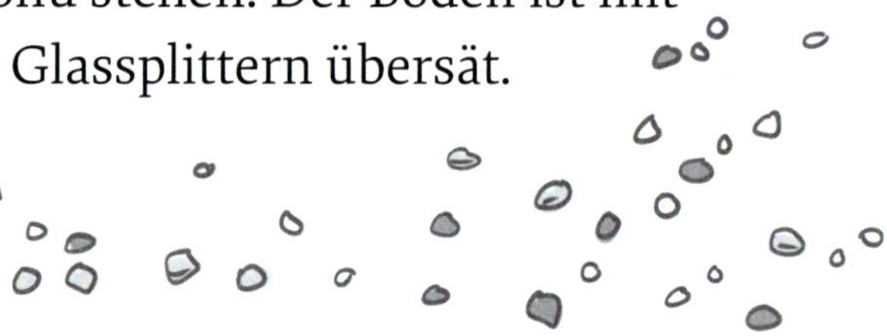

„Der Tatort?“, fragt Dr. Ratson neben mir und tritt vorsichtig näher heran.
„Das sehen Sie doch!“, schnaubt Madame Shu auf diese zugegeben überflüssige Frage.

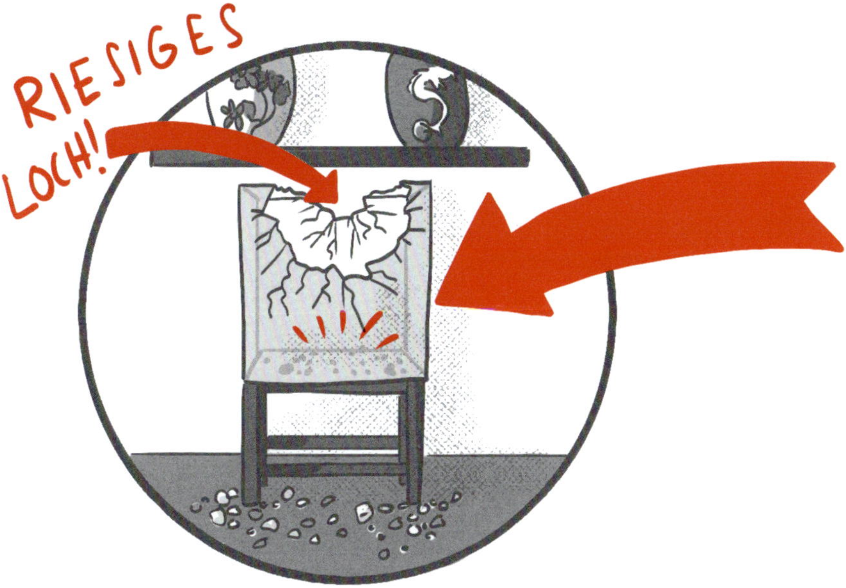

Der Dieb hat offensichtlich ganze Arbeit geleistet. „Haben Sie etwas am Tatort verändert?“, näsel ich. Als Madame Shu und ihr Neffe dies verneinen, mache ich mir eine kurze Notiz.
„Wann genau, sagten Sie, wurde der Würfel entwendet?“
„Gestern Abend. Ich vermute, kurz nachdem wir geschlossen haben.“
„Wann war das?“
„Wir schließen um 18 Uhr“, erwidert sie in einem Ton, als wenn ich das längst wissen müsste.
Ich nicke und notiere mir die Uhrzeit.
„Und wo waren Sie während des Einbruchs?“, wende ich mich erneut an Madame Shu und

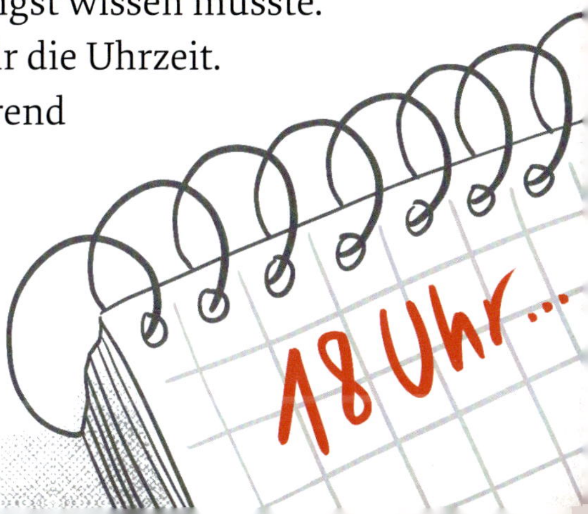

beziehe auch ihren Neffen in die Befragung mit ein. „Die Aktion muss weithin zu hören gewesen sein.“

„Mein Neffe und ich haben uns vor Mings Laden getroffen, um die Einkäufe zu erledigen.“

„Aha“, mache ich.

„Also waren Sie davor gar nicht hier?“, frage ich den Neffen direkt.

„Ich, also ich war …“

„Mein Neffe hat noch andere geschäftliche Verpflichtungen“, reißt Madame Shu das Wort wieder an sich.

Ich rolle innerlich mit den Augen. „Und welche?“, versuche ich es noch einmal.

„Lieferungen. Ich …“, beginnt er, wird jedoch gleich wieder unterbrochen.

„Er kümmert sich um die Bestellungen unserer Kunden. Wir liefern auch außer Haus.“

Ich unterdrücke ein Seufzen.

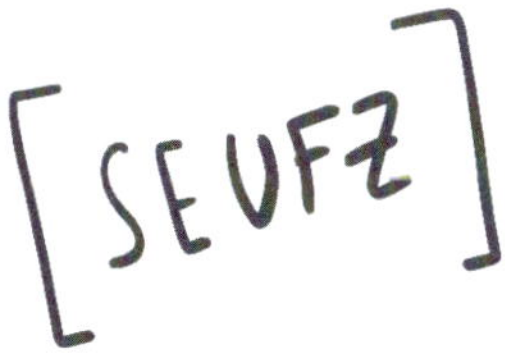

Während Ratson den Schaden aus der Nähe betrachtet, schaue ich mich um. Über der Glasvitrine hängt ein Regal, auf dem sich zwei Porzellanbehälter mit Deckel befinden. Der Abstand zwischen ihnen legt nahe, dass dort ein dritter Behälter gestanden haben muss.

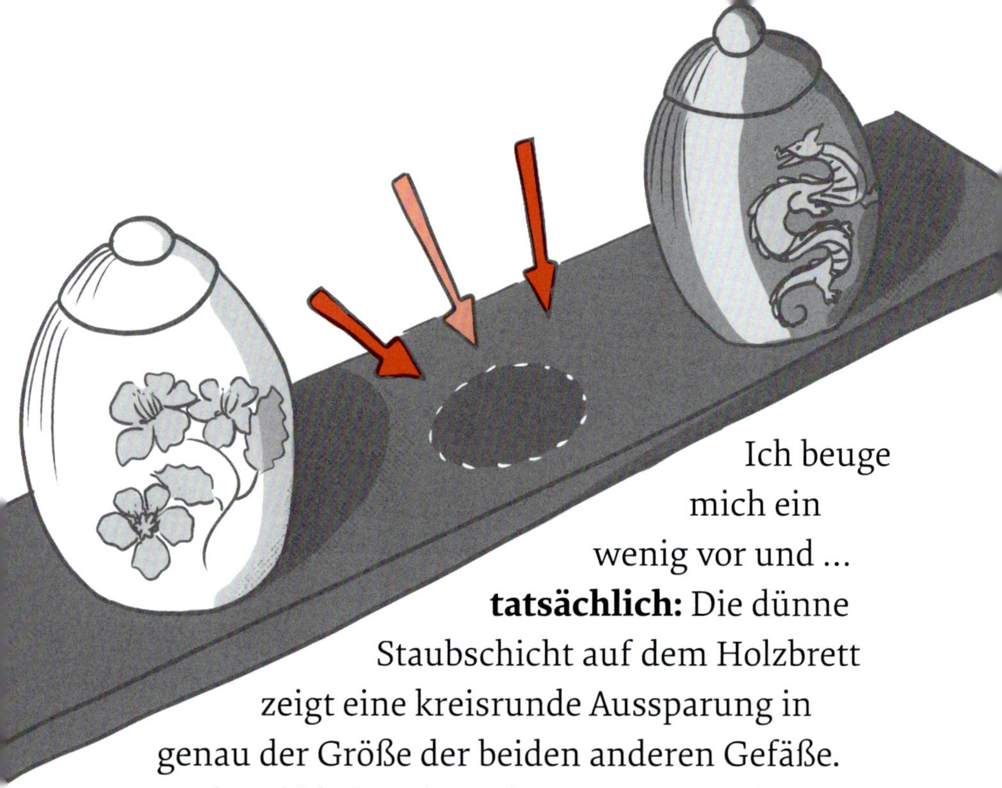

Ich beuge mich ein wenig vor und … **tatsächlich:** Die dünne Staubschicht auf dem Holzbrett zeigt eine kreisrunde Aussparung in genau der Größe der beiden anderen Gefäße. Suchend blicke ich mich im Raum um, kann jedoch keine weitere passende Vase erkennen.

„EINBEIN, SCHAUEN SIE!",

reißt mich Dr. Ratson aus meinen Überlegungen.

Ich richte meinen Blick auf den Boden. Mein Assistent deutet auf eine Stelle, an der sich besonders viele Splitter befinden.
„Hier gibt es noch weitere Substanzen“, erklärt er. „Neben Glas auch weiße Scherben und Spuren von etwas Weichem und Krümeligem.“
Er tritt einen Schritt zurück, damit ich das Zeug auf dem Boden mit eigenen Augen inspizieren kann.

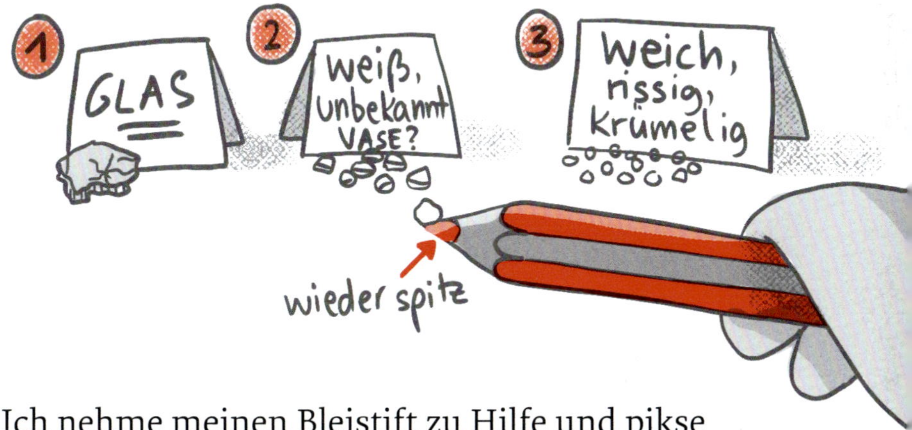

Ich nehme meinen Bleistift zu Hilfe und pikse einen der Krümel auf. Dann halte ich ihn gegen das Licht: Rissig, hell, weich, bemerke ich. Ich schnuppere daran … und spüre Übelkeit in mir aufsteigen. Schuld ist jedoch nicht das Beweisstück, sondern der Sockendunst, den ich für einen Moment vergessen hatte und der mir nun den Atem raubt.

Sekunden später befinde ich mich im Hinterhof des Teehauses.

„AHHHH!!!“

Endlich kann ich wieder durchatmen.

Ich bemerke, wie meine Kunden mir nach draußen folgen. Den empörten Blick, den mir Madame Shu zuwirft, erwidere ich mit einem Lächeln. Wahrscheinlich denkt sie, ich mag keinen Tee.

Als auch Dr. Ratson durch die Hintertür tritt, habe ich mich wieder so weit gesammelt. „Und?“, fragt Madame Shu. „Haben Sie einen Verdacht?“

Mmh, gute Frage, denke ich.

Außerdem wäre es unprofessionell, bereits jetzt einen Namen zu nennen.

Nee!
Oder doch?
MIEF
Jamjam...
QUATSCH

„Einbein!“, ruft Dr. Ratson und bewahrt mich vor einer Antwort. „Hier liegen die gleichen Krümel wie drinnen!“

Ich begutachte die Stelle genauer und nehme eines der Körnchen auf. Hier draußen kann ich es wohl wagen, noch einmal an dem Beweis zu schnuppern.

notiere ich kurz darauf.

Als ich den Blick wieder auf den gepflasterten Hinterhof richte, bemerke ich weitere Bröckchen. „Sehen Sie nur, Dr. Ratson!“, fordere ich meinen Assistenten auf. „Die Krümel bilden eine Spur!“ *[Kann es wirklich so einfach sein?]*

Ich wäge ab: Die Krümel scheinen vom Teehaus wegzuführen und könnten vom Dieb stammen. Allerdings habe ich den Tatort noch nicht untersucht. Eine Aufgabe, die ich ungern anderen

überlasse. Aber die Aussicht, den miefenden Raum noch einmal zu betreten, schnürt mir die Kehle zu.
Ich fasse einen Entschluss: „Dr. Ratson, Sie sehen sich drinnen noch einmal genau um! Ich werde derweil dieser Spur folgen."
Mein Assistent nickt begeistert, zieht eine kleine Dose aus der Tasche und holt einen borstigen Pinsel hervor. Entsetzt erkenne ich seine neueste Erfindung: das

SCHATTENPULVER

Laut Ratson soll es Fingerabdrücke sichtbar machen. Doch bisher hat das leuchtend blaue Pulver, das aus Lidschatten und Blütenpollen besteht, nur zu gewaltigen Niesanfällen geführt.

Ich ahne Fürchterliches.

„Warte, Ratson, vielleicht …"
Doch mein eifriger Assistent huscht bereits zurück in den Teesalon. Hoffen wir mal, dass das gut geht!

HAAATSCHI!

„Madame Shu“, wende ich mich geschäftig an meine Auftraggeberin, „bitte bleiben Sie Dr. Ratson fern … äh … verfügbar. Ich bin mir sicher, dass ich … äh … wir den Fall schnell aufgeklärt haben.“
Mit einer knappen Verbeugung verabschiede ich mich eilig bei ihr und nicke ihrem Neffen zu, der wie immer angespannt und unsicher hinter seiner Tante steht.

War er schon die ganze Zeit so blass um die Nase?, überlege ich.

Gerade will ich ihn fragen, als die herrische Mausdame ihren verschüchterten Verwandten schon wieder durch die Tür schiebt.

Also wende ich mich ebenfalls meiner Aufgabe zu und folge der feinen Krümelfährte. Noch immer habe ich das Gefühl, dass ein schwacher Hauch des Saure-Socken-Aromas in der Luft hängt. Und als ich an einer Mülltonne vorbeikomme, wird der Gestank sogar noch stärker.

Ich will dem gerade nachgehen, als ein kleines Mausmädchen den Hinterhof betritt. Hüpfend schleckt sie an einem leuchtend roten Lolli. Weitere der klebrigen Naschereien stecken in einem prall gefüllten Beutel. Als sie mich erblickt, stoppt sie abrupt ab. Ihr Gesicht nimmt dabei die Farbe ihres Lollis an und ihre Augen sind schreckgeweitet. Schließlich senkt sie den Kopf und huscht an mir vorbei.

Ob sie auch zum Teehaus gehört? Ich nehme mir vor, Madame Shu später danach zu fragen.

Dann folge ich der Krümelspur hinaus auf die Straße.

-3-

OOOmmm... mist!

Die Fährte ist noch warm.

Ohne Schwierigkeiten kann ich der Spur folgen, die mich durch die Straßen des chinesischen Viertels führt. Die kleinen **Brösel** liegen an Mauervorsprüngen und in Nischen. Und die bieten mir gute Verstecke, um ungesehen an den vielen Menschen vorbeizuhinken.
Die Häuser, an denen ich vorbeikomme, nehme ich nur anhand ihres Geruchs wahr: eine **Reinigung**, ein **Fischgeschäft** und schließlich das Aroma von gebratenen **Nudeln mit Sojasauce**
und *[mir stellen sich die Nackenfedern auf] ...*

FRITTIERTEM GEFLÜGEL!!!

Schnell flattere ich am Eingang des Restaurants vorbei.

Ich folge den Krumen um die Hausecke und blicke einen schmuddeligen Gang entlang, an dessen Ende ein klappriges Holztor in den Hinterhof des Restaurants führt.

PLÖTZLICH WIRD ES
SCHWARZ UM MICH
HERUM …

MIST!

Meine Sinne sind auf Eis gelegt. Ich kann nichts mehr sehen, mich nicht bewegen und meine Nase ist von dem aufdringlichen Geruch eines billigen Rasierwassers vollständig betäubt.

Nur mein Gehör funktioniert noch einwandfrei und ich vernehme aufgeregtes Geschnatter um mich herum.

SCHNATTER, SCHNATTER, SCHNATTER ...

„RUHIG BLEIBEN, EINBEIN“, ermahne ich mich und schlucke einen Anflug von Panik hinunter.

SCHLUCK!

„Ich habe hier noch eine. Die ist wohl abgehauen!“, höre ich eine Männerstimme sagen. „Bring sie zu den anderen!“, fordert ein zweiter Mann.
„Ja, Chef.“

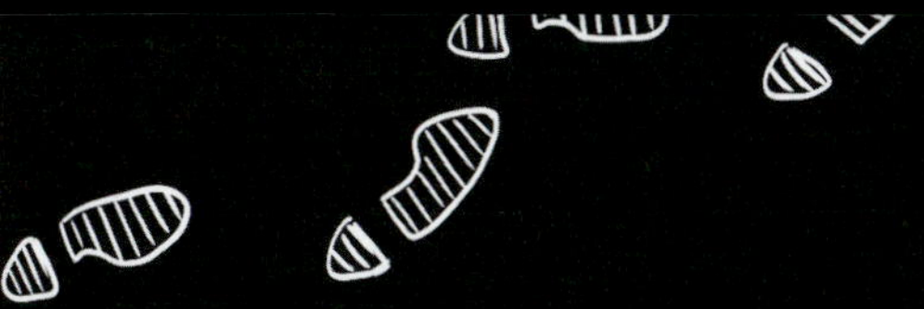

Schritte hallen auf dem Kopfsteinpflaster und ich schwebe in meinem sackartigen Gefängnis über dem Boden. Das Geschnatter wird immer lauter. Noch andere Enten müssen hier sein – unfreiwillig festgehalten, so wie ich.

„Lies mal, ‚Huhn & Ente‘ – ob wir hier auftreten sollen?“, schnattert eine von ihnen.

„Oh, das wäre ja … Hoffentlich bekomme ich die Hauptrolle …“, entgegnet eine zweite Ente.

„PAH, warum denn das? Ausgerechnet du mit deinen kurzen Beinen!“

Entweder besitzen diese Enten einen besonderen Galgenhumor.
Oder sie sind tatsächlich dumm.

RIECHEN SIE DENN NICHT, WAS ICH RIECHE?

„Was hast du da, Chen?“, höre ich nun eine Frau gleich über mir.
„Einen Ausreißer“, antwortet mein Gefängniswärter.
„Hier ist kein Platz mehr! Bring sie zu den Hühnern“, sagt die Frau dann und ich merke, wie der Mann die Richtung wechselt.

Kurz darauf wallt mir eine Wolke Bratenduft entgegen, die mir die Federn zu Berge stehen lässt. Im Hintergrund spielt ein Radio schrullige Volkslieder.

Gack, Gack, Gack!

Jetzt kommt das typische Gegacker der Hennen näher und über diesem erklingt eine dramatische Stimme:

„OHHHHHHH, ICH SPÜRE DEN EINFLUSS TEUFLISCHER ENERGIEN AUF UNS ZUKOMMEN!“

Meint die etwa mich?
Als teuflische Energie hat mich nun wirklich noch niemand beschimpft …

Ich lausche angestrengt weiter.

„ICH SEHE … ICH SEHE EIN BLITZENDES LICHT AUF UNS ZUKOMMEN. AUF JEDEN VON UNS!“,

fährt die Stimme fort.

Ah, denke ich. Blitzendes Licht … nein, sie meint wohl doch nicht mich. Aber besonders beruhigend sind ihre Worte trotzdem nicht.

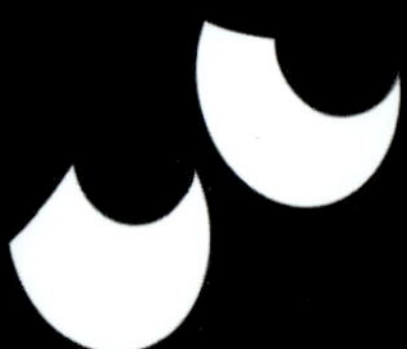

Mein Stoffgefängnis öffnet sich. Eine kräftige Hand greift nach mir und zerrt mich unsanft aus dem Sack. Sofort nutze ich die Gelegenheit und beiße kräftig zu.

„AUA! Du blödes Mistvieh!“, schimpft der Mann.

Augenblicklich lässt er mich wieder los. Nur leider hat ihm die Zeit gereicht, um mich in das nächste Gefängnis zu stecken. **Einen zerbeulten Käfig aus Metall.**

Zu eng für mich.

Und vor allem zu eng für mich und **6!**

AUFGEDREHTE HÜHNER!

Ich umfasse die Stäbe und rüttle daran. Lauthals schimpfe ich dem gedrungenen Mann hinterher, der mich einfach ignoriert und wieder im Hof verschwindet.

„Oooommmm…"

Verwundert halte ich inne und drehe mich um.
Neben mir hockt ein Huhn mit geschlossenen Augen und komischer Flügelhaltung.

Und meditiert!

„Ooommm…", macht es wieder.

„OOh, Mist, genau", schnattere ich dazwischen.

Das Yoga-Huhn blinzelt mich durch seine Brille aus einem stark vergrößerten Auge an. Dann macht es einfach weiter.

„OOOHH, ICH EMPFANGE EINE NACHRICHT!“,
orakelt es.

„Na, da bin ich ja mal gespannt!“, kann ich es mir wieder nicht verkneifen.
Ich lehne mich an die Käfigtür und beobachte die komische Henne genauer. Eigentlich sieht sie aus wie die anderen fünf, bis auf ihre übergroße Brille und das geblümte Schultertuch. Grinsend blicke ich zu den anderen Insassen. Doch die scheinen das gar nicht lustig zu finden. Sie alle sehen tief verängstigt aus.

Plötzlich wirft das Orakelhuhn die Flügel in die Luft und springt auf.

„Na toll, jetzt ist der Kontakt ins Universum unterbrochen. Was fällt Ihnen überhaupt ein? Ein bisschen mehr Rücksicht darf man ja wohl erwarten!“, schimpft sie auf mich ein. **„Ich bin schließlich ein hoch angesehenes Medium.“**
Ihre Stimme überschlägt sich, als sie mich mit riesigen Augen angiftet.

„Und ich ein hoch angesehener Detektiv“, gifte ich zurück. **„Wenn diese Nachricht Ihnen nicht verrät, wie wir hier rauskommen, bevor wir auf der Speisekarte landen, ist sie ohnehin wertlos!“**

„Und wenn Sie so ein schlauer Detektiv sind, brauchen Sie ja wohl keine Hilfe von uns Hennen!“, wettert sie zurück. **„Außerdem werden wir wohl nie erfahren, ob uns die Nachricht zur Flucht verholfen hätte. Das haben SIE ja verhindert.“**

Auch wieder wahr.

- 4 -
ENT-SCHEIDENDE WENDUNG

Mittlerweile ist der Abend angebrochen. Noch immer sitze ich in einem Käfig voller Hennen. Aber es herrscht Waffenstillstand. Nachdem zwölf Hühneraugen mich eine Ewigkeit verärgert angesehen haben, habe ich beschlossen, mich nicht weiter in ihre Probleme einzumischen.

Das Problem ist nur, dass ihr Problem gleichzeitig auch mein Problem ist. Da ist Diplomatie gefragt!*

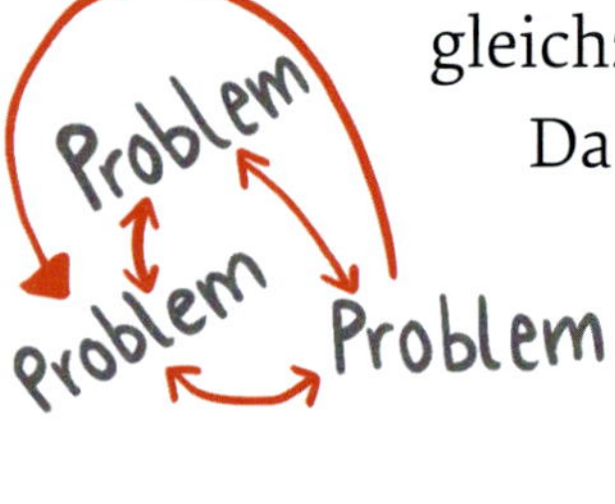

Ganz schön verzwickt!

„Mmhchm“, räuspere ich mich. „Ich denke, wir beginnen noch mal von vorne.“ Ich reiche dem Orakelhuhn meinen Flügel. „Mein Name ist Einbein, **AgENT** Einbein.“

Bei meinen Worten schaut sie kurz auf mein Holzbein, dann auf meine dargebotenen Flügelspitzen, die sie wenig später umfasst.

„Eleonora, **NUR** Eleonora“, erwidert sie und schüttelt meinen Flügel. „Du bist also ein Agent?“

Ich nicke. „Und du wirklich eine Wahrsagerin?“

Eleonora bestätigt dies mit einer knappen Verbeugung. „Ich bevorzuge die Bezeichnung **MEDIUM**. Aber ja, ich empfange und deute die Botschaften des Universums.“

[Für mich klingt das immer noch nach Entengrütze, doch ich lasse mir nichts anmerken.]

„Dich führt also ein Fall hierher?“, orakelt Eleonora als Nächstes.

** Die Kunst des Verhandelns zwischen (fast) ebenbürtigen Gegnern.*

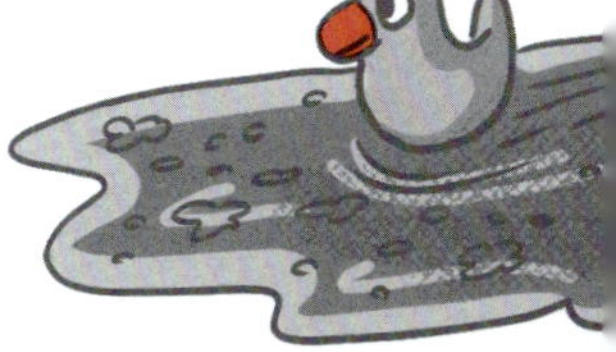

Ich frage mich, ob sie das nun vom Universum weiß oder ob das so klar ist.
Ich bestätige. „Ein Diebstahl, um genau zu sein.“
Eleonora nickt wissend.
„Und wer wurde bestohlen? Chen?“

Natürlich lasse ich mir nicht anmerken, dass ich keinen blassen Schimmer habe, wer Chen ist.
Und wieso stellt das Huhn die ganzen Fragen?

Ich tausche die Rollen, zücke meinen Notizblock und fühle mich gleich besser.

„Wie lange bist du schon hier?“
Jetzt bin ich mal dran mit Fragen.
„Lange genug, um zu wissen, dass es hier drinnen sicherer ist als dort draußen.“ Sie zeigt in die Küche.
„Und hast du in letzter Zeit etwas Verdächtiges beobachtet?“ Aufmerksam betrachte ich ihr Gesicht. Aus Erfahrung weiß ich nämlich, dass die Augen oft mehr verraten als der Schnabel.
Eleonora blinzelt.
„Was genau meinst du?“

AHHH,
JETZT STELLT SIE SCHON WIEDER DIE FRAGEN.

„Sind dir kriminelle Handlungen aufgefallen?“ Eleonora schaut grübelnd auf die Gitterstäbe. „Außer dass wir hier gefangen gehalten werden … oder Schlimmeres“, errate ich ihre Gedanken.

Doch gerade, als Eleonora den Schnabel öffnet, um zu antworten, wird das Radio lauter gedreht:

„Warum sollt ich nicht fröhlich sein …“

Ich hebe den Kopf und erschrecke.

„… und haben guten Mut? …“

Das vermeintliche
Radio entpuppt sich als grauer
Vogel mit feuerroten Schwanzfedern:
ein Papagei, der in der Küchenecke auf
einer Stange hockt und lauthals deutsche
Volkslieder schmettert.
Ich frage mich, ob er schon die
ganze Zeit da war.

Und ob er auch auf der Speisekarte steht.

„Das ist Heino. Er gehört zu Chen“, klärt Eleonora mich auf. „Chen hat ihn von seiner Großtante geerbt. Deshalb …“

„… singt er diese Lieder“, kombiniere ich. Ich schüttle den Kopf, um wieder klar zu denken.

„Also, was kannst du mir berichten?“, fahre ich mit meiner Befragung fort. „Was hast du beob…“

Wieder werden wir unterbrochen. Dieses Mal betritt ein dicker Mann mit weißer Kochjacke die Küche durch die Vordertür.

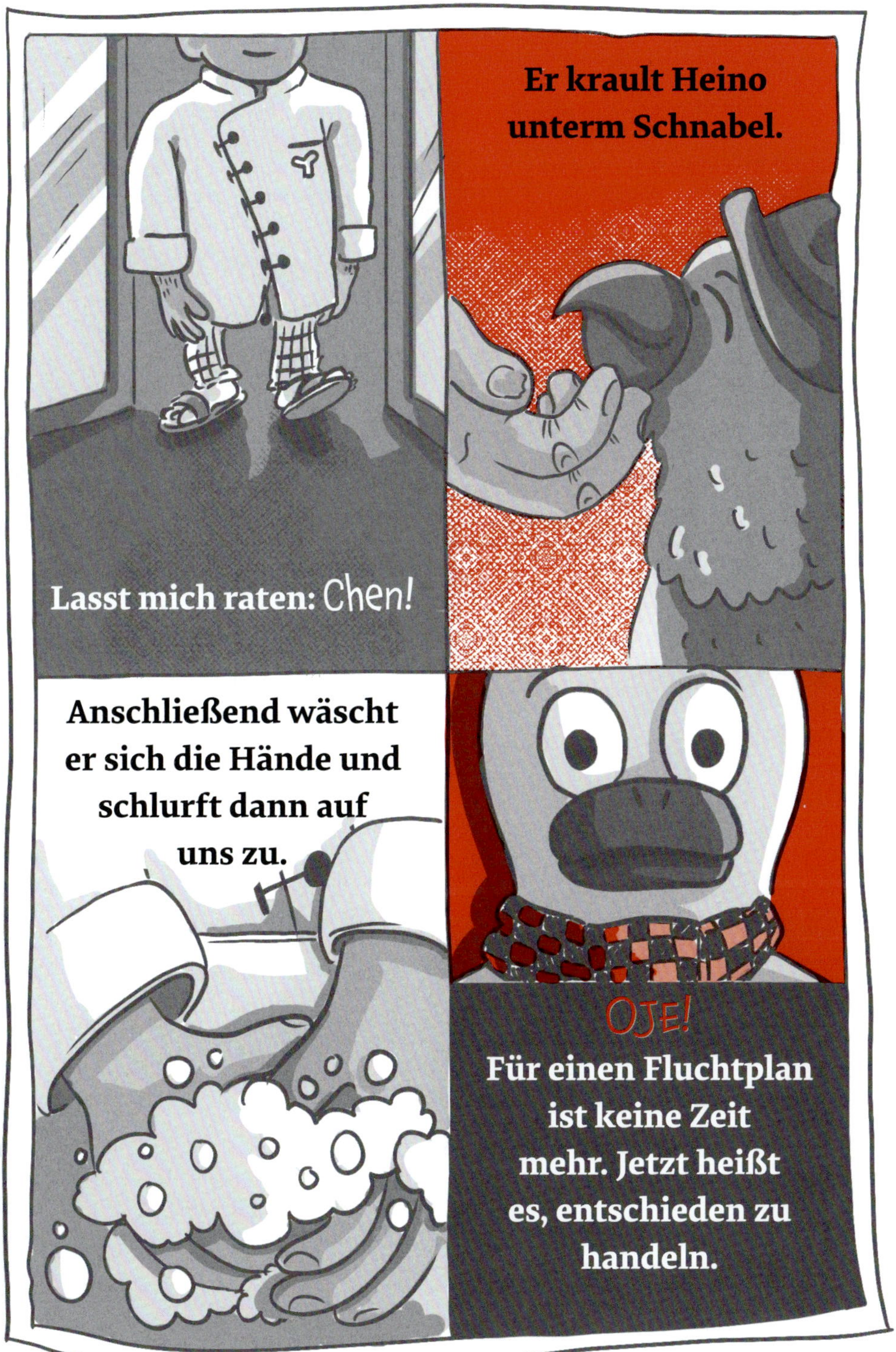
Lasst mich raten: Chen!
Er krault Heino unterm Schnabel.
Anschließend wäscht er sich die Hände und schlurft dann auf uns zu.
OJE!
Für einen Fluchtplan ist keine Zeit mehr. Jetzt heißt es, entschieden zu handeln.

So, meine Vögelchen. Dann wollen wir uns an die Vorbereitung machen.

Chen reibt sich vergnügt grinsend die Hände an einem Küchentuch trocken.

„Hör zu, Eleonora", zische ich. „Wenn ich Los sage, machst du mit deinen Schwestern einen RIESENRADAU, und dann seht ihr zu, dass ihr das Weite sucht! Ich lenke ihn ab …"

Eleonora bleibt keine Zeit mehr zu antworten. Schon zieht der Koch einen Schlüsselbund aus seiner Jackentasche. Klirrend steckt er den Schlüssel ins Schloss, dreht ihn um und öffnet den Käfig einen Spalt …

„LOOOS!", schnattere ich.

Und schlüpfe an der Hand des Kochs vorbei in die Freiheit.

– 5 –

ENT- [HA!] KOMMEN!

„HALT! HIERGEBLIEBEN!"

Von wegen Ente süßsauer. Ich habe keine Lust, gebraten zu werden. Weder süß noch sauer.

Oder frittiert.
Oder überhaupt gegessen.
„Ich denk nicht dran!",
quake ich und renne davon.

Na gut, ich hinke.
Mit einem Holzbein klappt es mit dem Rennen nicht so gut.
Also gar nicht.

Aber davon lasse ich mich nicht aufhalten. Begleitet vom lautstarken Geschnatter und Gegacker der anderen sause ich an Pfannen voll Bratnudeln vorbei.

MUH!
SCHNATTER!

„Pass auf!“, schreit mir Eleonora hinterher.

Eine Wokpfanne saust dicht hinter mir vorbei auf den Tisch, dass es nur so scheppert. Das war knapp.

„Mit
starkem
voooollem
Donnerklang
erschalle lauuuut der
Festgesang. Wacht auf!
Wacht auf! Wacht auf …“,

krakeelt es auf einmal und
ich zucke zusammen.

Über mir nehme ich ein Flattern wahr und blicke hinauf, während ich eilig weiterhüpfe. Heino fliegt mit wilden Flügelschlägen durch die Küche und kommentiert auf seine Weise meinen Versuch, dem Koch zu entwischen.

„Wir hopsen weiter wie noch jeeee dem Tode von der Schippe!“, stimmt der Papagei das nächste Lied an.

Und ich folge seinem Rat.

Da spüre ich Fingerspitzen an meinen Federn und weiche gekonnt nach rechts aus. Der dicke Koch greift ins Leere und ich höre ihn fluchen.

„… denn alles geht vorüüüber, auch das geht mal vorbei …“

Das hat Heino gut erkannt. Chen wird viel schneller sein müssen, wenn er mich, Agent Einbein, aufhalten will.

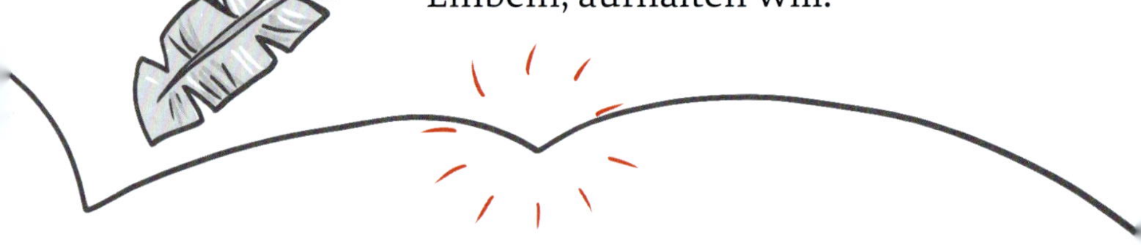

ATTACKE!

Ich stürze mich mit einem Kampfschrei von der Arbeitsplatte und lande unsanft auf dem klebrigen Regal unter dem Fenster. Das ein Stück offen steht, damit die Kochdämpfe abziehen können.

GLÜCK FÜR MICH.

„... und eines schööönen Tages sind wir alle wieeeder frei!"

Der graue Papagei zieht weiter seine Kreise an der Küchendecke und spricht – äh, singt – mir dabei aus der Seele. Ich drehe mich um und schaue zu den anderen Vögeln, die sich verängstigt in die Käfigecke drücken. **Warum hauen die nicht ab?**

Da entdecke ich Eleonora, die sich auf eines der Regale geflüchtet hat und dort im Schneidersitz hockt. Meditiert die etwa?

ICH FASSE ES NICHT!!!

Doch dann gibt sie mir mit dem Flügel zu verstehen, mich aus dem Staub zu machen. **Das war aber doch nicht der Plan?!**

Unsicher wende ich mich wieder dem Fenster zu. Meine Freiheit ist nur wenige Zentimeter entfernt.

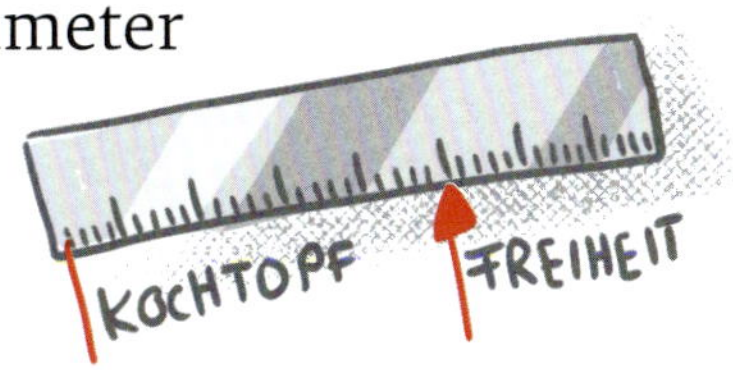

Das bemerkt auch Chen.
„Komm zurück, du lahme Ente!“

Ich möchte protestieren. Wie kann er es wagen, mich als lahm zu bezeichnen?

Doch das muss warten. Denn das wutverzerrte Gesicht des Kochs und das bedrohliche Schwingen seines Kochutensils bestätigen mir:
Ich habe nur diese eine Chance abzuhauen.

„Adeee, ihr Brüder mein, ich kann nicht meeehr bei euch sein …“, trällert Heino aus vollem Halse.

RECHT HAT ER!

Mein waghalsiger Sprung aus dem Fenster wird von einem Berg Müllsäcke gedämpft.

„Hinaaaus, hinaaaus in friiische Luft,
in Sonnenscheiin und Blüüütenduft …“

Von wegen.
Was für ein **Gestank!**
Was muss ich heute noch ertragen?

Ich rutsche die schwarzen Plastikbeutel hinunter und orientiere mich kurz: links von mir leere Kartons *[als Versteck zu offensichtlich!]*, rechts von mir die Tür zur Küche *[keine Option!]*, dahinter ein windschiefes Tor. Geradeaus eine viel zu hohe Mauer ohne Schlupflöcher oder Fenster *[verflucht!]*.

WAS JETZT?

Mein scharfer Blick wandert zurück. Zum Glück können wir Enten auch bei schlechtem Licht sehr gut sehen. So entgeht mir auch das matt glänzende Fallrohr nicht, das in der linken Hofecke vom Boden bis zur Dachrinne reicht.

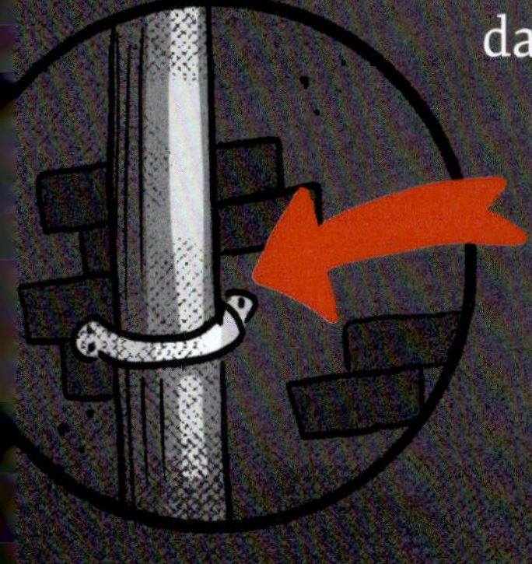

Ich muss dort hinauf!!!

Es ist meine einzige Chance und viel Zeit bleibt mir nicht. Ich höre bereits das wütende Schnaufen des Kochs, das wie das Heranstapfen einer Lokomotive klingt. Mit klackerndem Holzbein haste ich quer über den Platz in die dunkle Ecke und packe das Metallrohr mit den Flügeln.

Und ziehe mich in dem Moment hinauf, als die Tür zum Hof mit wildem Getöse aufgestoßen wird.

brüllt der Koch.

„Wo die weißen Tauben fliieeeegen, wohnt mein Schatz und der ist schööön …“

„Fliegen. Ja, schön wär’s“, grummle ich.

An dieser Stelle fragt ihr euch jetzt sicher auch, warum ich tatsächlich nicht einfach fliege. Ich bin ja immerhin ein Vogel. Stimmt, aber habt ihr mal daran gedacht, wie ich mit einem Holzbein Anlauf nehmen soll? Und Platz, um richtig in Schwung zu kommen, ist in diesem engen Hinterhof auch nicht.

Ich schaue zurück. Die massige Gestalt des Mannes füllt fast die ganze Tür aus, sodass nur wenig Licht an ihm vorbei ins Freie strömt. Die Ecke, in der ich am Regenrohr hänge, bleibt im Dunkeln. Dafür sehe ich erneut das bedrohliche Aufblitzen der Pfanne.

Ich schlucke.

Dann hangle ich mich weiter, so leise wie möglich, das Rohr hinauf.

PSSST!

Den Fuß gegen das kalte Metall gedrückt, das Holzbein im rechten Winkel. Dann umgreifen, gegenhalten, Fuß umsetzen und wieder von vorn.

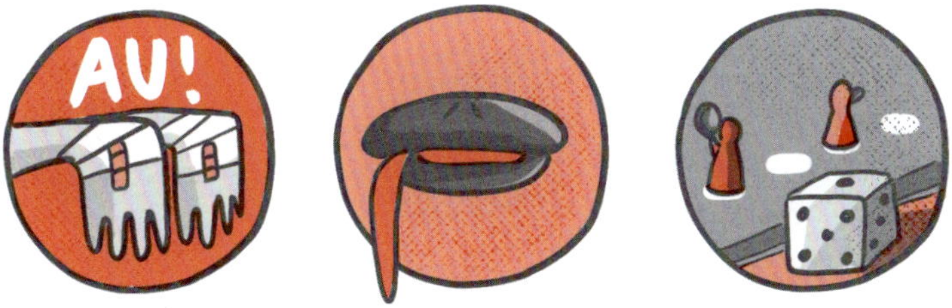

Meine Flügel werden lahm, mein Schnabel wird von der Anstrengung ganz trocken und

DER KOCH KOMMT IMMER NÄHER!

Jetzt haut er die Kartons kurz und klein. *[Ich wusste, es war kein gutes Versteck!]*
Dabei stößt er einen Schwall an Flüchen aus, die ich hier lieber nicht wiederholen möchte.

Endlich erreiche ich den Rand der Dachrinne, stemme mich hoch, ziehe mein Bein nach und krabble das letzte Stück auf das Vordach.
Immer weiter schiebe ich mich weg vom Rand. Dabei lasse ich den Abgrund nicht aus den Augen. *[Auch wenn ich mir beim besten Willen nicht vorstellen kann, wie der dicke Mann hier raufkommen soll!]*
Erleichtert lehne ich mich an die Wand, lausche dem unmelodischen Gekrächze des gefiederten Sängerknaben

[„Auf Wiedersehen, auf Wiedersehen, bleib nicht so lange fooort …“]

und zähle die kreativen Schimpfworte, die der zornige Koch mir hinterherschickt.

Dann zücke ich meinen Block aus der Westentasche und notiere:

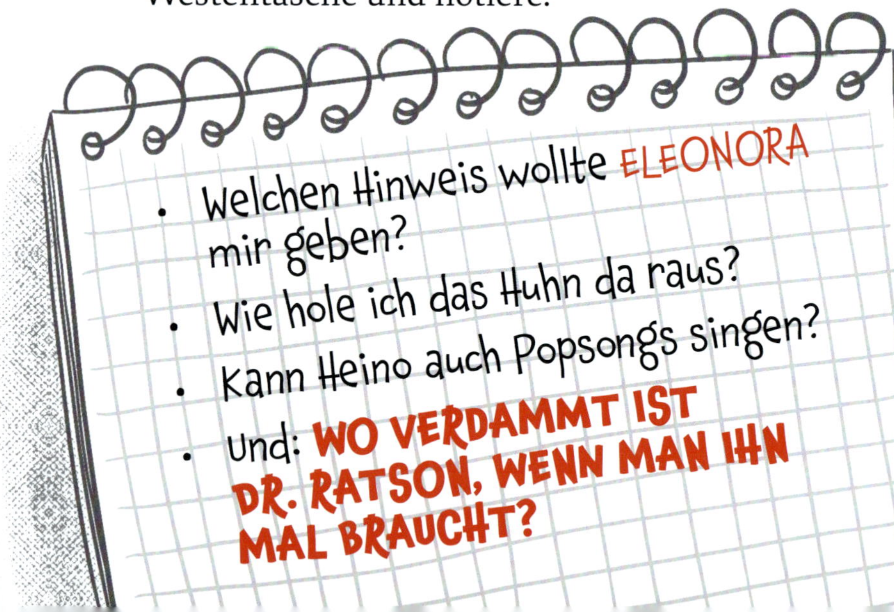

– 6 –

Iiihhhh, eine RATTE!

„Stecken Sie ihn ein!“, hat Dr. Ratson gesagt. „Und drücken Sie einfach auf den kleinen roten Knopf, wenn Sie mal Hilfe brauchen …!“

Ich starre auf die klapprige Apparatur, die vor mir auf dem Boden liegt. Meine Flügelspitze schwebt zitternd über dem kleinen Knopf und Angstschweiß klebt mir im Nacken.
[Ah, nein, Taubenkacke …]

Soll ich es wirklich wagen?
Was ist, wenn Ratsons
Erfindung wieder nicht
funktioniert?
Oder schlimmer: Was ist, wenn sie

EXPLODIERT?

„Ich kann durch den Peilsender und diesen Empfänger hier immer sehen, wo Sie sind“, hat mein Partner mir erklärt und ich habe das Ding schließlich widerstrebend eingepackt. *[Und mir geschworen, niemals in eine Situation zu kommen, in der ich es benötige ...]*

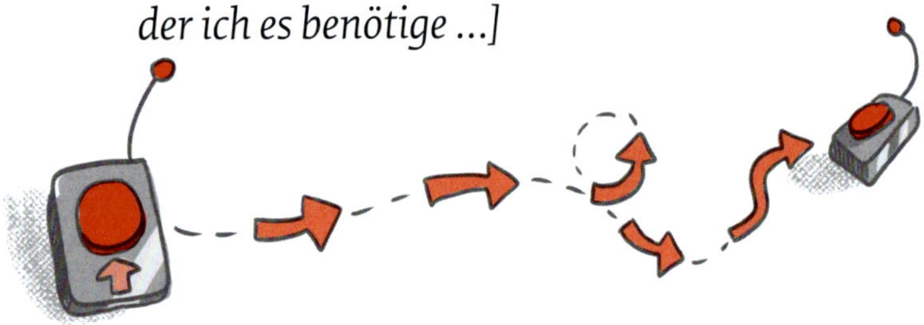

Dabei lief das mit der Flucht bisher eigentlich ganz gut: Über die Dächer zurück zur Straße zu fliehen und ungesehen vor dem Restaurant zu landen war meine leichteste Übung. Wozu hat man denn Flügel? Den perfekten Beobachtungsplatz habe ich dann auch gleich gefunden.

Wer hätte ahnen können, dass ich dabei einen schlafenden dicken Kater störe.

Also bleibe ich erst mal hier oben und bin erleichtert, dass die flauschigen Speckrollen den Kater am Klettern hindern.

Etwas besorgt beobachte ich jedoch, wie sich das Chinarestaurant langsam mit Gästen füllt. Wenn ich das Geflügel da rausholen und das Verhör mit Eleonora fortsetzen will, muss ich **schnell handeln!** Leider hindert mich das empörte Maunzen am Denken, und langsam befürchte ich, dass der gefräßige Stubentiger zu viel Aufmerksamkeit auf uns zieht. Es wird Zeit, diese auf jemand anderen zu lenken.

Entschlossen drücke ich auf den Knopf!

Der Peilsender fängt an zu vibrieren. Dann surrt und rattert es wie verrückt. Erschrocken kicke ich das Ding vom Ast hinunter. Wenn es schon explodiert, soll es wenigstens den Kater verjagen.

Der Peilsender fällt in einen niedrigen Strauch, piept einmal kreischend ... und – nichts.

Keine Explosion.

Keine Hilfe.

Aber noch immer ein Kater mit **hungrigen Augen**.

„WAR JA KLAR“, fluche ich. „WUSSTE ICH DOCH, DASS ES NICHT FUNKTIONIERT!“

Doch drei Minuten später bemerke ich, wie mein unterschätzter Partner um die dunkle Straßenecke huscht.
Ich sehe, wie er beim Anblick des dicken Katers abstoppt und sich schnell hinter einer Mülltonne versteckt. Dann kontrolliert er das blinkende Licht an seinem Handgelenk und guckt sich suchend um.

Der Peilsender hat also doch funktioniert!

Als er dem Blick des Katers folgt, der noch immer mit empörtem Maunzen zu mir schaut, sieht auch Dr. Ratson hinauf.

NA ENT-LICH!

Ich gebe ihm ein Zeichen, weiterzulaufen, um die Aufmerksamkeit des Katers auf sich zu lenken.
Ratson tippt sich an die Stirn.

Ich grummle. Weichei!

Doch dann beobachte ich, wie er in die **stinkende Tonne** klettert und sich in die Tiefen des New Yorker Straßenmülls buddelt.

Kurz darauf kriecht er mit einem schmutzigen Plastiklöffel bewaffnet wieder hervor.

Aha!

Er will die Fellnase mit einem Geräusch ablenken.

Da holt er schon aus und wirft den weißen Löffel mit **ganz viel Kraft** wie einen Speer in die Luft …

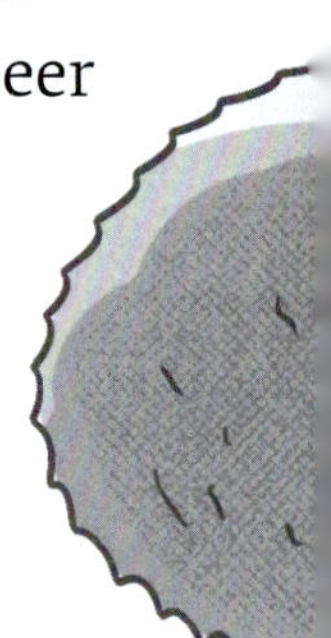

... wo ihn eine kleine Windböe erfasst, ihn kurz herumwirbelt und ihn knapp vor der Bordsteinkante zu Boden segeln lässt.

PLINGELING, macht das dünne Plastik dabei ...
... worauf der Kater natürlich nicht reagiert.

Nachdenklich zupft Dr. Ratson an seinen krummen Schnurrhaaren. Dann scheint ihm eine Erleuchtung zu kommen und er geht wieder auf Tauchstation. Als nächsten Fund zerrt er eine leere Raviolidose aus dem Abfall. Er schnuppert daran und leckt über den Deckel *[igitt!!]*. Strahlend blickt er zu mir.
Ich befürchte schon, er will jetzt zu Abend essen. Doch dann richtet er sich auf.

Mit größter Anstrengung hebt Ratson die Blechdose so hoch, wie es seine kurzen Arme schaffen, und schmettert sie mit aller Kraft entschlossen zu Boden.

Das Metall poltert mit lautem Getöse über den Gehweg und erfüllt seinen Zweck: Der mopsige Kater springt mit einem erschrockenen Kreischen auf. Er dreht sich dabei um 180 Grad und nimmt fauchend und mit gesträubtem Fell Reißaus.

„Vielen Dank, Dr. Ratson. Kluge Tat“, lobe ich meinen Assistenten, als ich wieder auf der Erde lande. Ich klopfe mir den Staub aus den Federn. „Gern geschehen“, grinst er.

Schnell informiere ich ihn darüber, was ich bisher herausgefunden habe. „Wir müssen Eleonora befreien. Und du bist **genau der**, den ich brauche!“

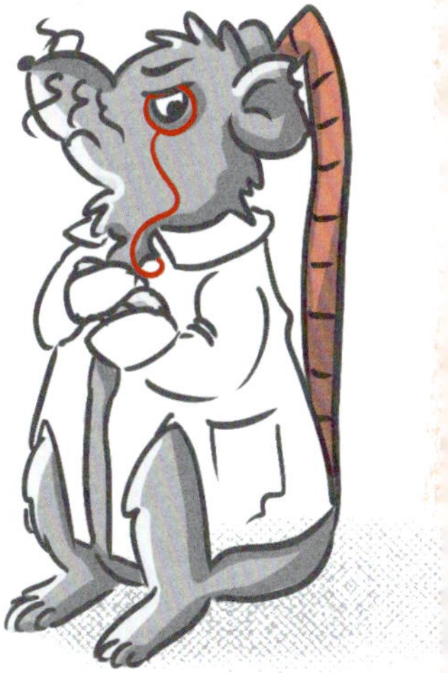

Dr. Ratson ist nicht besonders begeistert von meiner Idee, das Personal und die Gäste abzulenken.

„Warum denn immer ich?“, mault er.

„Weil nur ich weiß, wo die Gefangenen sind. Und weil Eleonora nur mich kennt. Und jetzt jammer nicht, uns läuft die Zeit davon!“

Ich beobachte noch, wie Dr. Ratson zusammen mit zwei Gästen durch die Vordertür des Restaurants huscht, dann hinke ich den schmalen dunklen Gang zurück in den Hinterhof.
Ich kann mich unter einem windschiefen Holztor hindurchschieben, das den Hof abriegelt.

Pssst!

Ich lausche – alles still!
Kurzer Rundumblick, ob die Luft rein ist – niemand da.
Alles in Ordnung!
Chen ist zurück in der Küche.

Kurz darauf habe ich mich zu den miefigen Müllbeuteln vorgearbeitet. Ich spähe in den von Kochdämpfen vernebelten Raum und erkenne erfreut, wie Eleonora und ihre Schwestern sich auf das oberste Regal geflüchtet haben.
Chen kocht … aber nur vor Wut, als die Hühner seinem Griff immer wieder entkommen.

Gerade will der dicke Koch auf die Arbeitsplatte steigen, als er von einem Geräusch aus dem Gastraum abgelenkt wird.

Es ist so weit!, denke ich.

Dr. Ratson hat die Bühne betreten.

Iiihhhh, eine Ratte!
Hilfe!
Aaahhh!!!
Gibt's noch Reis?
Fangt sie!

Ah, Agent Einbein!
Schnell, beeilt euch!
Kommt, Mädels!
Hinaaaus, hinaaaus in friiiiische Luft, in Sonnenscheiin und Blüüütenduft …

Während die Hennen begleitet von Heinos Gekrächze aufgeregt durch die Hintertür ins Freie flattern, eile ich zu meinen verdatterten Artgenossen. Zum Glück lässt sich das Schloss problemlos öffnen.

„Schau, noch jemand, der zum Vorsprechen kommt!“, meint die eine Ente zur anderen.
„Mit dem Handicap wird das aber nichts mit der Bühnenkarriere!“, wispert die andere.
Ich rolle genervt mit den Augen.
„Zu eurer Information“, entgegne ich, „die Bühne ist eine heiße Bratpfanne. Wenn ihr also nicht als Star des Abendessens enden wollt, haltet den Schnabel und seht zu, dass ihr verschwindet!“

Ohne ein weiteres Wort drehe ich mich um, hüpfe vom Tisch und hinke zum zweiten Mal an diesem Abend aus der Küche.

Aber dieses Mal nehme ich die Tür.

- 7 -
DER singende SCHMUGGLER

Als ich in den dunklen Hinterhof trete, schlägt mir hektisches Gegacker entgegen. Hinter mir folgen mir die Enten nach draußen. Und über mir huscht ein flinker Schemen vorbei.

„Wo sollen wir nur hin?“

„Beruhigt euch, Mädels!“, beschwichtigt Eleonora die anderen. „Ah, Einbein. Wie geht es weiter?“

„Rechts unter dem Tor durch. Und dann verteilt ihr euch. Sie können uns nicht alle gleichzeitig verfolgen, wenn sie bemerken, dass die Käfige leer sind.“

OH NEIN, der hat mir gerade noch gefehlt!

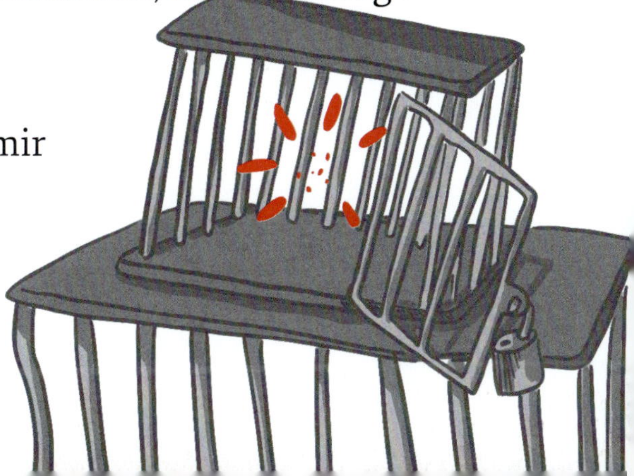

„Fort, fort und immer weiter!
Die Luft ist blau und heiter!
Ich selbst so munter heut! …“

Ich schaue hinauf und sehe auf der klapprigen Pforte einen grauen Schatten sitzen: Heino!

Mit seinen musikalischen Beiträgen untermalt er lauthals unsere Flucht. Das ist auf der einen Seite ja schön und gut – immerhin treibt er die aufgescheuchten Hühnerdamen an, die Beine in die Hand zu nehmen. Auf der anderen Seite befürchte ich, dass sein Gejodel gleich die ganze Mannschaft des Restaurants auf uns aufmerksam macht.

„SCHHHH, sei leise“, zische ich ihn an. „Du verrätst uns noch!“

„Still, still, still, weil's Kindlein schlafen will“, summt der Papagei leise und wippt dabei mit dem Kopf auf und ab.

Er scheint mich also verstanden zu haben. Wollen wir es hoffen.

Ich lotse die letzten Nachzügler noch unter dem Bretterzaun durch, dann husche ich selbst hinterher.

Am Ende des dunklen Ganges sehe ich das Geflügel in kleinen Grüppchen warten. Eleonora hat das Kommando übernommen und schaut, ob die Luft rein ist.
„Wartet, wartet“, fordert sie mit ruhiger Stimme. Sie lugt um die Ecke und blickt die Gasse hinauf und hinunter. Dann winkt sie ihre Schwestern heran. „Bleibt in Deckung und im Dunkeln. Ich komme gleich nach!“ Damit scheucht sie drei ihrer Schwestern auf die menschenleere Straße und schickt ihnen einen besorgten Blick hinterher.

„Sind das die Letzten?“, wendet sie sich an mich, als ich neben sie trete.
Ich nicke. „Es sind alle raus. Auch der da!“, flüstere ich und zeige auf ein paar rote Schwanzfedern, die soeben auf uns zusegeln.

„Hallo, Heino, schön, dich zu sehen“, wispert Eleonora. „Hast deine Chance ergriffen, was?“

„Frei bin ich, ich bin vogelfrei,
vi va und vogelfrei,
ja vogelfrei …“,

erwidert er aus vollem Halse, dass ich nur so zusammenzucke.

„SCHHHH!“,

machen Eleonora und ich zur gleichen Zeit.

„… und alles ist mir einerlei …“,

murmelt er beleidigt, ist dann jedoch endlich leise.

Ich schiele zum Eingang des Restaurants. Immer wieder ist das Quieken von Menschen zu hören, doch niemand stürzt heraus. Dr. Ratson muss sich strategisch günstig am Ausgang postiert haben, und ich hoffe sehr, dass er noch ein kleines bisschen durchhält. „Los, verschwinden wir von hier!“, fordere ich die übrigen Flüchtlinge auf.

Eine halbe Stunde später widme ich Eleonora wieder meine volle Aufmerksamkeit, um die Zeugenbefragung zu Ende zu bringen.

Was sich als nicht so einfach herausstellt. Denn Eleonoras Weigerung, ihre Schwestern alleine zu lassen, hat zur Folge, dass wir nun zu siebt in unserer plötzlich viel zu kleinen Detektei hocken.

Ach nein. Wir sind 8!

Denn der trällernde Barde weicht ebenfalls nicht mehr von unserer Seite.
Allerdings ist er zur Abwechslung tatsächlich mal still, während wir auf Dr. Ratson warten.
Als er kurz darauf durch die Tür huscht – augenscheinlich unversehrt –, atme ich auf.

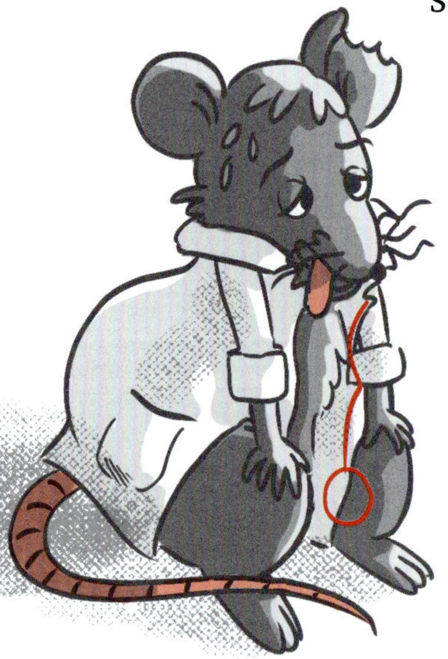

„Auftrag erledigt, Chef!“, japst er nach Atem ringend.

„Ausgezeichnet, Ratson!“, lobe ich ihn heute Abend schon zum zweiten Mal und klopfe dem mutigen Kerl auf die schmalen Schultern. „Ist unser Verschwinden bemerkt worden?“

Dr. Ratson nickt. „Ja, als ich mich in die Küche flüchten musste. Den anderen Weg hatten sie blockiert. Miese kleine Rattenfänger“, knurrt er. „Also bin ich durch die offene Hintertür raus …“

„Ist dir denn jemand gefolgt?“, frage ich schnell. Dr. Ratson schüttelt den Kopf, dass seine krummen Barthaare nur so fliegen. „Nein, Chef. Ich habe sogar extra einen Umweg genommen, um sie abzulenken.“ Erschöpft lässt er sich auf einem Stuhl nieder.

Ich hingegen wende mich wieder an meine Zeugin.

„Was hast du also in Chens Küche beobachtet, Eleonora?“, stelle ich endlich die Frage zu Ende.

Sie nimmt ihre Brille ab und beginnt, sie mit ihrem Schultertuch zu putzen. Als sie hindurchblickt und die Gläser für sauber befindet, setzt sie sich die Brille wieder auf. Sofort sind ihre Augen wieder

3-MAL

so groß!

„Ja nun, ich habe des Öfteren eine Maus beobachtet, die sich Zugang zum Restaurant verschafft hat.“

Ich horche auf. Und auch Ratson neben mir stellt seine Ohren auf.

„Eine Maus? Wie sah sie aus?“, hake ich nach.

„Oooch, wie Mäuse halt so aussehen. Klein, Knopfaugen, dünner Schwanz, dick …“

„Moment! Dick?“

„Ja, schon etwas pummelig. Zumindest hatte sie immer Schwierigkeiten, sich durch den Türspalt zu zwängen.“

Ich wechsle einen Blick mit meinem Assistenten, der mir fast unmerklich zunickt. Dann notiere ich Eleonoras Hinweis in meinem Notizblock.

„Was wollte sie? Konntest du das ebenfalls sehen?“

„Ja, durchaus. Sie …“

„Still, still, still, weil's Kindlein schlafen will …“

KRÄCHZ

Heinos schriller Gesang lässt mich zusammenzucken.

Verärgert über die erneute Störung drohe ich dem Sängerknaben mit erhobener Faust.

Heino wirft mir einen verängstigten Blick zu. Doch anstatt aufzuhören, fährt er lautstark mit seinem Volkslied fort:

„**Still,** still, still,
weil's **Kindlein**
schlafen will …“

UND DANN GEHT MIR EIN LICHT AUF!

Der Papagei ist gar nicht unverschämt. Und er will mich auch nicht mit seinem Gesang nerven.
Nein. Heino versucht, Eleonoras Aufmerksamkeit zu gewinnen, um zu verhindern, dass sie etwas verrät.

Etwas, das ihn belasten würde …

Ich schnappe mir eine Rolle Klebeband vom Schreibtisch und halte sie warnend in Heinos Richtung. Mit weit aufgerissenen Augen schaut er abwägend zwischen dem Kleber, mir und Eleonora hin und her.
Schließlich gibt er sich geschlagen. Sein Gesang wird immer leiser, bis er ganz verstummt.
Ich nicke ihm dankend zu *[nicht ohne ihm erneut einen finsteren Blick zuzuwerfen!]*.
„Also?“, nehme ich den Faden wieder auf. „Was hatten die Maus und Heino miteinander zu schaffen?“

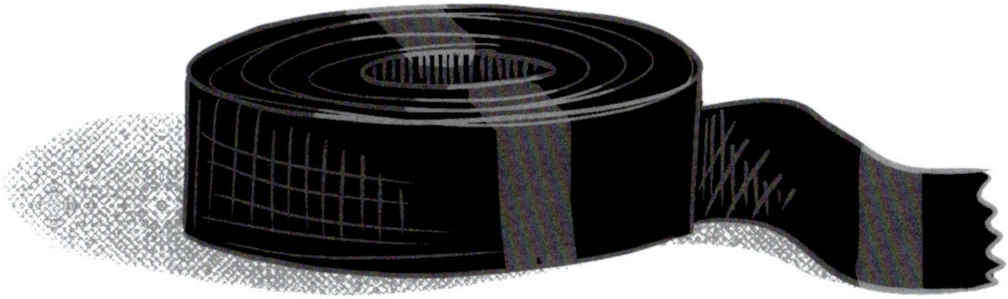

Erstaunt ruckt Eleonora mit dem Kopf. Dann lächelt sie.

„Sehr gut, Einbein“, lobt sie meine Schlussfolgerung, ehe sie fortfährt. „Heino und der Besucher haben in regelmäßigen Abständen mit irgendetwas gehandelt. Was es war, konnte ich nicht erkennen. Doch es muss sich gelohnt haben, denn Maus und Papagei sahen jedes Mal sehr zufrieden aus.“

AHA! Wir kommen der Sache näher. Es wird Zeit, dass wir einen weiteren Zeugen befragen.

Von dem sonst dröhnend singenden Graupapagei ist nichts mehr zu hören. Heino hat den Kopf unter einem Flügel vergraben und murmelt in sein Federkleid.

„Heino“, spreche ich ihn an. „Was hat die Maus an dich verkauft?“
Da schiebt er seinen grauen Kopf hervor und sieht mich verkniffen an.
„Mmmmcchh“, druckst er herum.
„Viel blankes Geld, das hab ich nicht ...“, krächzt er leise.

Ich hebe fragend die Augenbrauen.
„Er meint, dass er nichts kauft, sondern **verkauft**“, übersetzt Eleonora.
Ich nicke knapp. **Natürlich,** das war mir gleich klar.
„Was verkaufst du also? Oder kommt das in der nächsten Strophe?“, bohre ich weiter.
Doch Heino schüttelt den Kopf. Dafür beginnt er, unter seinem linken Flügel zu wühlen und zu zupfen. Kurz darauf zieht er ein Stück von etwas Krümeligem heraus und hält es mir hin.

Der Geruch von Fisch und Salz steigt mir in die Nase. Sofort verbindet mein Gehirn das Aroma mit den Krümeln im Innenhof des Restaurants. Und endlich weiß ich, worum es sich handelt.

Ich notiere:

Heino schmuggelt mit Krabbenchips!!!

Dr. Ratson neben mir beginnt aufgeregt, an seinen Schnurrhaaren zu ziehen.
„Das ist es, Chef!“, wispert er.
„Die Spur der Krümel führt nicht weg vom Teehaus, sondern dorthin. Madame Shus Neffe hat zunächst die Krabbenchips beim Papagei gekauft, ist dann zurückgegangen und hat sich anschließend den Jadewürfel gekrallt.“

Ratsons Anklage klingt schlüssig, aber irgendetwas daran fühlt sich falsch an.

NOTIZ AN MICH:
• Hängen die beiden Ereignisse tatsächlich zusammen?
• Welches Motiv hätte der Neffe, den Würfel zu stehlen?
• Wo zur Entengrütze ist der Würfel abgeblieben?
• UND WIE ZUR HÖLLE SOLL MAN SICH HIER KONZENTRIEREN???
GLUCK
GLUCK
GACK

- 8 -

Der Flügel Express

Mittlerweile ist ein neuer Tag angebrochen, die Sonne scheint blass durch die Hochhäuser und weckt meine Lebensgeister. Schon kann ich wieder besser nachdenken.

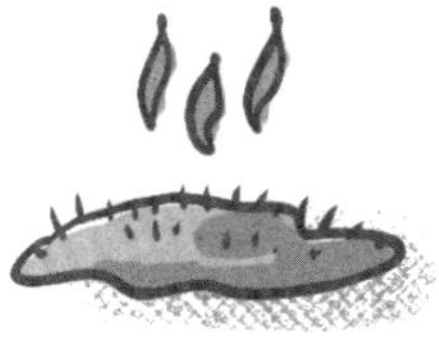

„Hast du noch etwas am Tatort gefunden?“, wende ich mich an meinen Assistenten.
„Nur ein bisschen grünen Schimmel, aber das hilft uns ja nicht weiter“, antwortet Ratson. „Ich habe den Hausmeister befragt, aber auch der hat nichts mitbekommen. Zur Tatzeit war er zusammen mit seiner Tochter beim Nachbarn Fußball gucken. Der Nachbar hat seine Aussage bestätigt.“

„Mmh“, mache ich und streiche mir nachdenklich über den Schnabel. „Das muss das kleine Mausmädchen gewesen sein, das ich gestern gesehen habe.“
„Sie konnte ich allerdings nicht befragen. Aber der Hausmeister meinte, sie sei nur kurz vor ihm gegangen, um zu schlafen.“
„Mmh“, mache ich erneut.

„Was überlegst du noch?“,

stört Dr. Ratson meine Überlegungen. „Es passt doch alles zusammen. Der Neffe brauchte Geld für seine Liebe zu Krabbenchips und hat sich aus der Kasse bedient. Als das nicht reichte, hat er den Jadewürfel gestohlen, um ihn gegen weitere Chips einzutauschen …“

„Welcher Jadewürfel?“

Erschrocken zucke ich zusammen, als Eleonora uns anspricht. Sie muss uns nach draußen gefolgt sein und hat hemmungslos unserem Gespräch gelauscht. Ich drehe mich langsam um und hebe zur Antwort eine Augenbraue.

Mehr werde ich ihr bestimmt nicht verraten …

„Das ist der Fall, an dem wir gerade arbeiten“, haut Dr. Ratson dazwischen. „Es wurde ein wertvoller Würfel aus Jade gestohlen. Wir haben den Auftrag, ihn wiederzubeschaffen und den Dieb zu stellen.“

„Ach, deshalb war Agent Einbein im Restaurant. Na ja, Glück für uns“, erwidert Eleonora und lächelt mir dankbar zu. „Und, habt ihr einen Verdacht?“

„Darüber können wir nicht …“, setze ich an, doch Dr. Ratson ist schneller.

„Der Neffe der Besitzerin. Ganz klar!“

Fassungslos weiten sich meine Augen und mein Schnabel klappt auf und zu. Aber mir fehlen schlicht die Worte. Wie kann mein Assistent mit einer Außenstehenden darüber reden? Es ist doch eine der wichtigsten Regeln bei uns Detektiven: Kein Wort zum Fall.

ZU NIEMANDEM!!!

„Hast du ihn vielleicht mit dem Jadewürfel gesehen? Hat er versucht, ihn bei Heino einzutauschen?", fragt Dr. Ratson nun.

Oh! Jetzt spitze auch ich die Ohren. *[Könnte ja doch noch interessant werden.]*

„Du meinst die Maus? Nein, das habe ich nicht. Aber frag Heino doch selbst", antwortet sie.

„Heino? Komm mal!“, ruft sie und winkt. Ich folge Eleonoras Blick und erkenne, wie Heino auf der Reling sitzt und uns aufmerksam beobachtet. Auf Eleonoras Aufforderung hin fliegt er zu uns.

Mein Assistent wiederholt seine Frage: „Hat dein Kunde versucht, dir einen Jadewürfel zu verkaufen?“ Heino legt den Kopf schräg. Dann schüttelt er sein graues Haupt. „Hat er versucht, ihn gegen Krabbenchips einzutauschen?“

Wieder schüttelt Heino verneinend den Kopf.

„Hat er den Jadewürfel erwähnt?“, mische ich mich nun ein.

„Ich weiß nicht, was soll es bedeuten …“, säuselt Heino in schrägstem Papageiisch.

„Er hat noch nie …“

„Ich habe es verstanden“, unterbreche ich Eleonora und winke ab.

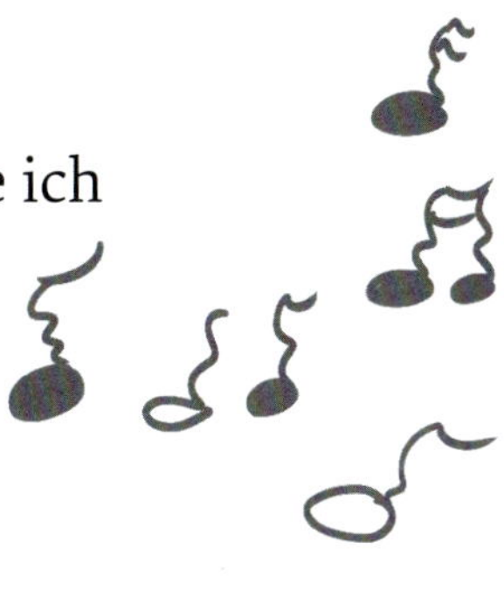

Er hat also noch nie davon gehört, fasse ich gedanklich zusammen.

Zufrieden zupfe ich meine Weste zurecht. Bestätigt es doch meine Vermutung, dass Madame Shus Neffe nicht hinter dem Diebstahl steckt. „Dr. Ratson, wir statten Madame Shu noch einen Besuch ab“, wende ich mich an meinen Assistenten.

„DER FALL IST SO GUT WIE GELÖST!“

Leider fühlen sich Eleonora und Heino ebenfalls aufgefordert, mir zum Teehaus zu folgen.

Und so **hopsen, trippeln, hinken** und **fliegen** wir singend *[also Heino]* durch New Yorks Straßen, um das Rätsel um den Jadewürfel aufzuklären.

„Das Wandern ist des Müllers Lust, das **Waaandern** ist des Müllers Lust, das **Wa-an-dern** …“

Zu unserem Pech schrillen bei Heinos Gekrächze bei noch jemandem die ALARMGLOCKEN. Und kaum haben wir die Straßen Chinatowns erreicht, stehen wir einem schnaubenden Chen gegenüber, der die Wokpfanne schwingt.

Warum muss dieses Huhn eigentlich immer recht behalten?

„IN DECKUNG!“

schreie ich gerade noch rechtzeitig.

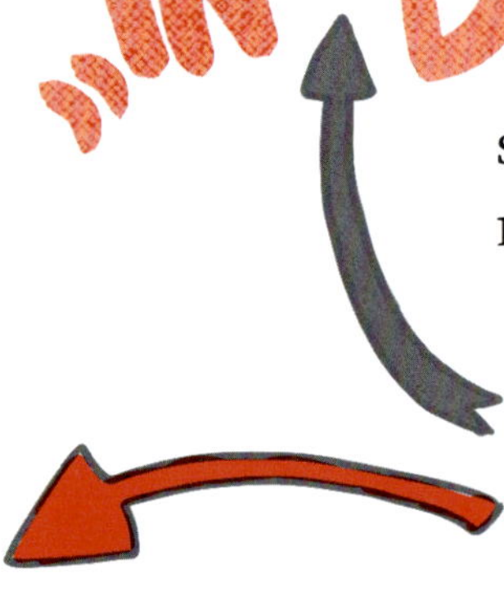

Sofort fliehen alle in unterschiedliche Richtungen. Chen, verwirrt, wem von uns er nun folgen soll, zögert einen Augenblick. Die Sekunden reichen uns, um ausreichend

Abstand zu ihm und seiner schlechten Laune zu bekommen. Ich werfe einen Blick zurück. Hektisch huschen seine Augen zwischen Heino und mir hin und her. Dann rollt er schäumend vor Wut auf mich zu.

Ich versuche, an Geschwindigkeit zuzulegen. Dann breite ich meine Flügel aus und hebe ein wenig ab. Zu wenig! Im nächsten Moment schlittern meine Beine wieder über den Asphalt, wobei mein Holzbein ein fieses Geräusch verursacht. Ich gerate ins Stolpern, fange mich jedoch und versuche erneut, meinem Verfolger zu entkommen.

„BLEIB STEHEN, DU ENTENVIEH!“, beschimpft Chen mich keuchend und holt auf.

„Lauf weiter, Einbein!“, höre ich Eleonora. Sie klingt gar nicht so weit weg. Und ich höre noch etwas: ein Surren, das mich an einen Schwarm mies gelaunter Bienen erinnert und immer näher kommt.

Ich will mich schon umdrehen, als ich spüre, wie mich etwas am Kragen packt.

DAS WAR'S, schießt es mir durch den Kopf. Chen hat gewonnen!

Doch stattdessen lande ich unelegant auf dem Bauch.

„Willkommen auf dem Flügelexpress, Einbein“, jubelt Eleonora hinter mir. „Mit Rattensteuermann“, fügt sie lachend hinzu.

Verdattert blicke ich mich um. Flügelexpress? Und tatsächlich. Sie haben mich auf ein Skateboard gezogen, das in Windeseile die Straßen des Viertels hinuntersaust.
Weg von Chen und seiner Bratpfanne.

„Voran und drauf und dran.
Wir folgen alle Mann für Mann …“, schmettert Heino einen Marsch.

Und ich würde dieses Mal zu gerne mitsingen. Wenn ich den Text könnte.

- 9 -

Die meisterliche und voll überraschende Ent-hüllung Tadaa!

Zusammen haben wir es geschafft.
Chen haben wir hinter uns gelassen. Dem dicken Koch ist nach wenigen Metern die Puste ausgegangen. Sein Schimpfen und Wettern war allerdings noch drei Straßen weiter zu hören.

Schließlich taucht Madame Shus Teehaus vor uns auf. Auf Dr. Ratsons Zeichen hin lässt Heino das Skateboard langsam ausrollen.

„Danke, Heino. Das war eine Spitzenleistung!“, lobe ich den Graupapagei. Das hat er nun wirklich verdient. Und auch meinem Assistenten klopfe ich anerkennend auf die Schulter.

Schnell helfe ich ihm wieder auf die Füße.

Dann wende ich mich an unsere Begleiter: „Während Dr. Ratson und ich hineingehen, wartet ihr draußen!“

FLATTER (schleich)

[Was sie gekonnt überhören …]

Kaum habe ich den Hinterhof betreten, rieche ich wieder den durchdringenden Gestank.

„Uuuh, was ist das?“, stöhnt Eleonora hinter mir. „Das riecht ja widerlich!“
Langsam drehe mich zu ihr um und hebe eine Augenbraue. „ICH SAGTE AUCH NICHT **FOLGT MIR!**, SONDERN **WARTET!**“, knurre ich gereizt.

„Ja, ja, in Ordnung“, gibt Eleonora klein bei und hält sich ihr Tuch vor den Schnabel. „Das riecht wie verschimmelter Käse. Igitt!“, schimpft sie gedämpft weiter.

Und während ich die letzten Schritte zur Hintertür zurücklege, wird mir klar, dass erneut eines der Puzzlestücke passt …

Plötzlich öffnet sich die Tür und das kleine Mäusemädchen tritt heraus. Sie hüpft fröhlich in unsere Richtung, hat wieder einen Lolli dabei und summt ein Kinderlied.
Als sie uns erblickt, stoppt sie erschrocken ab.

„Guten Tag“, begrüße ich sie erneut freundlich. „Ich bin Agent Einbein. Ist Madame Shu da?“
Schüchtern nickt das kleine Mädchen. Dann zeigt sie nach drinnen.

„Oh, hast du dich verletzt?“, frage ich sie, als ich ein Pflaster auf ihrer Vorderpfote sehe. Schnell zieht sie die Pfote zurück. Aber sie nickt erneut.

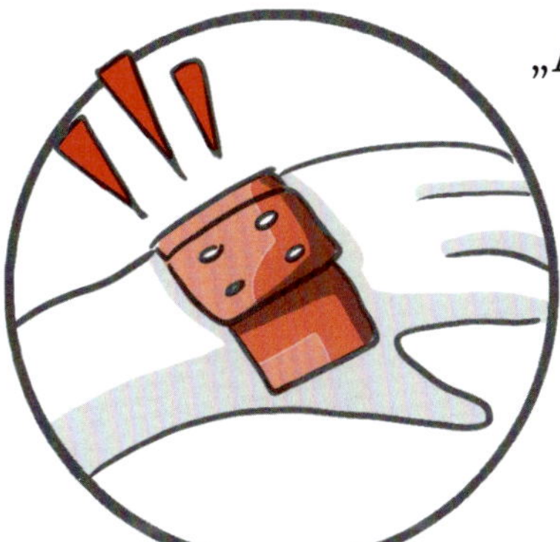

„Aha“, murmle ich nachdenklich.
Dann gehen wir hinein.

„Ah, Madame Shu! Mit Ihnen wollten wir sprechen“, begrüße ich die Besitzerin beim Betreten des Teehauses.

„Agent Einbein. So schnell zurück? Ich kann hoffentlich mit ein paar Antworten rechnen“, erwidert sie streng.
Ich nicke. „Das können Sie“, bestätige ich. „Und es ist gut, dass auch Ihr Neffe anwesend ist“, füge ich hinzu, als ihr fülliger Verwandter das Hinterzimmer betritt. Sofort wird der wieder blass um die Nase und ich spüre seine Unruhe bis ins Holzbein. Denn draußen vor dem Laden trällert es unüberhörbar von den Dächern.

„Vorbei, vorbei sind all die schönen Stunden ...“

„Was ist das für ein Krach?“, will Madame Shu wissen.
„Ach, das ist nur der Komplize Ihres Neffen“, kläre ich meine Kundin auf.

Ich beobachte, wie der Beschuldigte sich aus dem Raum schleichen will, doch mein Assistent ist schneller. Grinsend verstellt er ihm den Weg.

„Komplize? WOLLEN SIE ETWA BEHAUPTEN, DASS MEIN NEFFE DEN JADEWÜRFEL GESTOHLEN HAT?“

Entsetzt blickt sie zwischen ihrem Verwandten und mir hin und her.
„In der Tat …“, setzt Ratson an, aber ich falle ihm ins Wort.

„Nein, das will ich nicht!“, entgegne ich. „Allerdings ist auch Ihr Neffe nicht ganz unschuldig. Das fehlende Geld aus der Kasse haben Sie entwendet, habe ich recht?“, wende ich mich nun an Madame Shus Neffen.

Nervös schaut er zu seiner Tante. Dann schüttelt er den Kopf.
„Nicht? Na, dann hören wir doch mal, was Heino dazu sagt“, schlage ich vor und will gerade den Papagei hereinrufen, als ...

„Ja, okay. Ich war's!“, jammert der Neffe. Seufzend sackt er in sich zusammen.

„Waaas? Aber das kann nicht sein. Mein Neffe würde niemals ...“

„Doch, das würde er“, fahre ich dazwischen.

„Mit dem Geld konnte er die vielen Krabbenchips bezahlen, die er so gerne isst. Und wir haben mehrere Zeugen, die das bestätigen können."

„DU FAULER NICHTSNUTZ, DU",
wettert Madame Shu.

„Na, na", sage ich. „Ich bin mir sicher, dass Ihr Neffe den fehlenden Betrag abarbeiten wird. Und neue Chips gibt es ohnehin nicht mehr. Die Quelle ist versiegt."

„Und was ist nun mit dem Jadewürfel?“
„Oh, da wird es interessant. Madame, würden Sie mir bitte nach draußen folgen und das kleine Mädchen herbeirufen, das dort spielt?“
„Mailin? Ja, wenn Sie darauf bestehen ...“
„Das tue ich!“

Auf dem Hof kann ich endlich wieder durchatmen. Ich warte darauf, dass Mailin näher kommt, und wende mich schließlich an meine Fans ... äh, Zuhörer.

„Es ist Zeit für die Ent-hüllung!“, kündige ich an und lasse ein Spannung aufbauendes Schweigen folgen. Dann hole ich tief Luft:

Der Fall des JADEWÜRFELS

1. Bei der Krümelspur, die wir am Tatort entdeckten, handelte es sich tatsächlich um die besagten Krabbenchipskrumen. Ihre Fährte führte mich auf direktem Weg zum **„ORT DES GRAUENS“**, dem ich nur dank meiner Wendigkeit um Federbreite entkommen bin.

2. Von dort konnte ich mit etwas Hilfe von Dr. Ratson einige Zeugen befreien. Diese bestätigten mir die Geschäftsbeziehung Ihres Neffen mit dem **SCHMUGGLER HEINO.**

3. Dr. Ratson, Sie erwähnten, dass Sie hier am Tatort **grünen Schimmel** gefunden hätten. Doch Sie haben dem keine weitere Beachtung geschenkt. **EIN GROBER FEHLER!** Denn – Madame Shu, korrigieren Sie mich bitte, wenn ich mich irre – bei dem Jadewürfel handelt es sich nicht, wie gedacht, um einen grünen Edelstein, sondern um etwas ganz anderes …

Wieder koste ich das Schweigen aus und dehne es so weit in die Länge, dass die anderen fast platzen vor Spannung.

Dann erlöse ich sie:
„Es handelt sich in Wirklichkeit um einen uralten Würfel aus noch älterem Käse, der, so vermute ich, mit GRÜNEM SCHIMMEL überzogen war.“

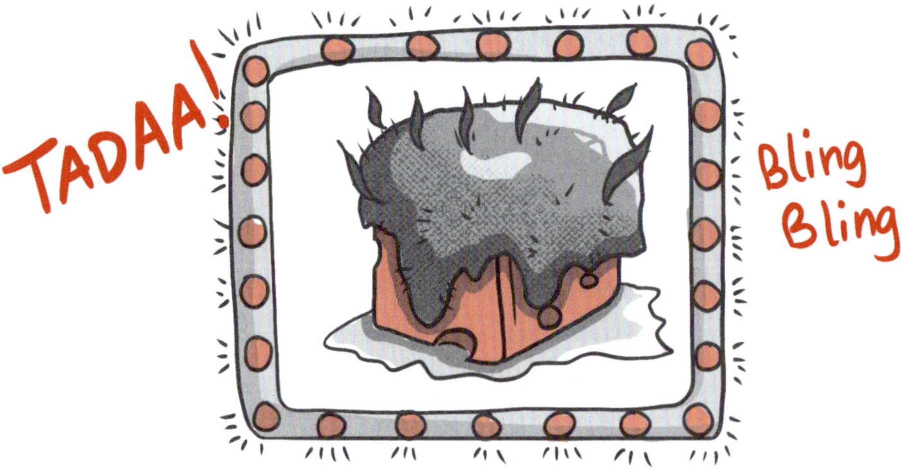

Ich bemerke den ungläubigen Ausdruck im Gesicht meines Assistenten und das Stirnrunzeln von Madame Shu.

Liege ich etwa doch falsch?, frage ich mich verunsichert.

„Ja, was haben SIE denn gedacht?“, schimpft meine Kundin. „Natürlich geht es um einen Käse. Einen **300 Jahre gereiften, sehr wertvollen Tscheda Pinyin*,** der mit JADESCHIMMEL überzogen war! Das herauszufinden war aber **nicht Ihre Aufgabe!“,** wettert sie weiter.

Ich schmunzle. „Nein, das war sie nicht“, antworte ich ein wenig erleichtert, doch auf der richtigen Fährte gewesen zu sein. „Aber der vermeintliche Diebstahl ist in Wahrheit auch etwas ganz anderes gewesen: nämlich ein kleines Missgeschick“, lasse ich die Bombe platzen.

** Pinyin ist der chinesische Name für China …*

„Es war ein Unfall, nicht wahr, Mailin?“, wende ich mich an das Mädchen.
Als sie schüchtern nickt, fahre ich fort.

„Kommen wir zu Punkt 4:

Der Fall des JADEWÜRFELS

– FORTSETZUNG –

4. *Als ich Mailin gestern traf, war ihre Tasche mit* Lollis *gefüllt. Doch erst, als ich heute Morgen ihre verletzte Hand sah, wurde mir alles klar: Denn Mailin, die so gerne Lollis isst, kam am Abend des Verschwindens alleine zurück in das Teehaus, um ins Bett zu gehen. Nach Aussage ihres Vaters folgte er ihr kurze Zeit später. Mailin nutzte diese Zeit, um sich, wie so oft, einen Lolli aus der Dose zu nehmen, die immer am Platz über der Vitrine stand.*

5. Die **weiße Substanz**, *die wir zwischen den* **Glasscherben** *und* **Chipskrümeln** *gefunden haben, stammt von jener Vase. Denn leider rutschte das Gefäß aus Mailins kleinen Händen und fiel ausgerechnet auf die Käsevitrine, die daraufhin zerbrach.*

Der Gestank, der nun ungehindert entweichen konnte, muss **fürchterlich** gewesen sein. Stimmst du mir zu, Mailin?“

Das kleine Mädchen nickt ernst.

„Ihnen ist der Geruch über die Jahre schon nicht mehr aufgefallen“, wende ich mich an meine Kundin. „Aber allen anderen“, fahre ich fort und schaudere innerlich. „Was hast du dann damit gemacht, Mailin?“

„Ich … ich …“, stammelt sie.

„Keiner gibt dir an irgendwas die Schuld, Mailin. Sprich ruhig!“, ermutige ich sie.

„Ich … ich habe ihn weggeworfen“, flüstert Mailin. „Zusammen mit einigen der Scherben. Aber ich hatte keine Zeit, alles aufzuräumen, weil ich hörte, wie mein Papa gekommen ist“, fügt sie schniefend hinzu.

Madame Shu schnappt nach Luft, ihr Neffe stöhnt verängstigt, Dr. Ratson zupft irritiert an seinen Barthaaren – UND ICH LÄCHLE ZUFRIEDEN.

„Und das, meine Damen und Herren, ist der ganze Fall!“, schließe ich.

BÄH!
PLATSCH!

Eine Woche später:

Wie gerne läge ich auf dem viel zu weichen Sofa meines viel zu feuchten Büros und würde dem Gluckern der Wellen lauschen, die gegen die Bootswand schlagen.
Aber Eleonora hat beschlossen, bei uns zu bleiben – als „MEDIALE UNTERSTÜTZUNG“!
Und bis ein neuer Fall kommt, soll ich meine innere Mitte finden.

Eleonora sucht auch noch täglich danach. Warum sie glaubt, sie würde ihre Mitte in **meinem** Büro finden, ist dann das zweite Rätsel, das ich wohl niemals lösen werde. *[Ich bin ja froh, dass ihre Schwestern zumindest ein neues Zuhause auf einem Dachgarten gefunden haben.]*

Dr. Ratson hat seine Mitte bereits gefunden. Oder er war einfach schlau genug, sich rechtzeitig zwischen seinen verrückten Erfindungen zu verschanzen. Wer weiß das schon.

UND HEINO?

Der ist ebenfalls geblieben. Und nervt ... äh ...
... unterhält New York mit seinen Gesangseinlagen.
Wem's gefällt ...

AGENT EINBEIN
Immer einen Schritt voraus!
?!
DR. RATSON
0,00